EDITION BELLETRISTIK

livestream & leichen
MARTIN PIEKAR

Quartheft 87 · Edition Belletristik
1. Auflage
ISBN 978-3-910320-07-9
© 2023 Verlagshaus Berlin
Chodowieckistraße 2, 10405 Berlin
Alle Rechte vorbehalten.

www.verlagshaus-berlin.de

GEDICHTE: Martin Piekar
ILLUSTRATIONEN: Nina Kaun
LEKTORAT: Jo Frank
GESTALTUNG & SATZ: Typografie·im·Kontext
SCHRIFT: Brandon Grotesque, Input Serif, Epika, Trans Sans
BUCHDRUCK & -BINDUNG: Druckerei Totem / Printed in Poland, 2023
PAPIER: 90 g/m² Amber Graphic / 250 g/m² Iceblink weiß

WEITERE TITEL VON MARTIN PIEKAR IM VERLAGSHAUS BERLIN:
AmokperVers / ISBN 978-3-945832-25-7
Bastard Echo / ISBN 978-3-940249-90-6
Überschreibungen (E-Book) / ISBN 978-3-945832-18-9

Das Verlagshaus Berlin wurde 2022, 2020 und 2019 mit dem Deutschen Verlagspreis sowie 2018 mit dem Förderpreis des ersten Berliner Verlagspreises ausgezeichnet.

Alle Titel, die im Verlagshaus Berlin erscheinen, werden im Literaturarchiv Marbach, im Lyrik Kabinett München und in der Deutschen Nationalbibliothek archiviert.

Alle Rechte vorbehalten. Das Werk, einschließlich aller seiner Teile sowie der Illustrationen, ist urheberrechtlich geschützt. Jede Verwertung außerhalb der engen Grenzen des Urheberrechtsgesetzes ist ohne Zustimmung des Verlages, der Autor•innen und Künstler•innen unzulässig und strafbar. Das gilt insbesondere für Vervielfältigungen, Lesungen, Vertonungen, Übersetzungen, Mikroverfilmungen und die Einspeicherung und Verarbeitung in elektronischen Systemen.

spacer

ich habe die leiche vor der tür nicht beseitigt
ich bin über sie hinweggestiegen
über all die nachhalle
habe ich ihr ins gesicht gefilmt
& gefragt: warum hab ich vor euch leichen angst
nicht vor uns lebenden
überall die nachhalle
nach halle
& bin spazieren gegangen
heute ist flohmarkt & der bus voll wie das internet
jedes scrollen stößt mich tiefer in die welt
ich zieh mir den vorhass voll rein
dziwny jest ten swiat
echo: wir sind dojczland
apart wie regen fällt
flüchten bruchteile von mir &
wo immer ich aussteige, wird es heute sein
wo immer ich aussteige, wird es hanau sein
im jahr 2020 wurde ich geboren, hier, wo du denkst
genau zwischen 2 & 0 wurde ich geboren, da
bin ich es nicht gewesen
wo du nicht hingeschaut hast
sind wir es nicht gewesen
& töte mich nicht – nur für den fall
bist du es nicht gewesen

auf dem flohmarkt eine leiche in der auslage
ich frage sie: warum fühle ich mich
so liegengelassen
schon lange lerne ich nur noch leichen kennen
ich gehe unter die menschen
gehe heute, für alle oniemiećy
werde über den flohmarkt spazieren
die lebenden zählen & unerhörtes verschenken
heute gibt es kein zuhause
regentropfen & gezählte leben begleiten mich vertraut
wie schön wir uns in den tropfen brechen
keiner wagt es, eine plastikplane aufzufalten
& keiner sind wir
& ich bleibt eine frage der zeit
& die leichen sagen voraus:
sie siṇd dojczſand &
wir̊ sind dojczlaṇd

ein spazier-
gang für all
jene, die
keinen weg
sehen

wir müssen über-
wunden werden

#

gehen Sie spazieren & lesen Sie folgendes,
nehmen Sie platz auf bänken & lesen Sie
ruhig vor

wir bleiben wunden bis wir überwunden werden
seit 5:31:59 uhr liege ich wach & google mich
& wer mich anklickt das bin ich nicht
noch du, noch persönlich
brennt der search-button, verrät
dass ich um 8:13:29 uhr nach mir suche
aber kann es 8:13:29 uhr sein
für einen tee, für ein liebesgedicht, für eine handvoll asche
ich bin wunde aus wunden ausgebrochen
im index des lebens kommt niemand zu spät
& doch habe ich immer das gefühl, google
ich wäre nie rechtzeitig aufgeweckt
verstehst du, bildschirme & leichen sind spiegel
du kriegst die vergangenheit nicht aus den körpern
begriffen als ich in dir gesucht hab
wie in einem leichnam, verstehst du, google?
ich frage leichname nie, ob ich pünktlich bin
aber ich weiß, dass wir nicht wissen, was noch kommt
ich kriege vielleicht brot, eine leidenschaft & die vergangenheit
der zukunft, sie beginnt um 8:13:31 uhr
wir sind alle wunden auf dem weg nach hause

seit einmal die woche hateparade ist
fällt sie mir gar nicht mehr auf
die herolde mit vuvuzelas verkünden
hass für saubere luft, hass für
arterhaltung, hass für mütter
unser hass ist nicht politisch
wie viel diversität verträgt hass?
ich steige mitten ein, wende mich
& laufe entgegen herumgeschubst
von supremist*innen, tugendvertreter*innen & identischen
ich kaue meine eignen zähne
bevor ich menschen zerkaue
halte den hass nur hassend aus
& geb mir gleich –
– komm mit, bruder, zieht mich jemand
aus einem megasmartphone kratzt es:

```
wir müssen irgendwann lernen ¬
etwas anderes zu hassen ¬
& allgemeiner, nicht ¬
das individuum ¬
& seine begrenztheit, seinen wechsel ¬
& seine unruhe: in jenem erhöhten zustand, in dem wir ¬
auch etwas anderes lieben werden als wir jetzt lieben
können ¬
wir müssen lernen, tiefer über hass & freiheit zu
reflektieren ¬
```

ich laufe gegen fahnenträger
& am ende treibt ein banner
alle zusammen sind sie gegeneinander
ein straßenschild sagt immer & immer wieder
bei umvolkung bitte folgen

sobald ein schädel explodiert
jede pupille ein schussloch
als wäre das jetzt nicht & nicht hier passiert
an der straße grenze ich an mein gehirn
fetzen & brocken sind sich uneinig
flimmern jedem herzschlag nach
in widerrissen bleibt ein tod
nic nie będe mówić o pistoleta
tutaj nikt sie nie bronif, tutaj nikt
die welt als think tank ohne vektor
bevor ich mein hirn wieder auf seinen lauf lege
stauen schaulustige der bedeutung die straße
bis welt durch mich wie durch abfluss fällt
ich gehe jetzt fern, beschließe ich
wundernd lecke ich mir den daumen
um der straße über die wange zu streichen
wundernd lecke ich mir den daumen
mein pflaster, ach mein dreckiges
nichts werde ich sagen über die pistole
hier hat niemand sich verteidigt
hier hat niemand

_13

świadomość jaka się
nie rozpierdoliła,
nie zaczęła
myślenie

ein geist, der sich
nicht selbst ver-
stört, hat nicht zu
denken begonnen

wir müssen
überwunden
werden

_15

ok, google: bist du bereit, dich zu überwinden?

_16

immer, wenn ich dir ein hauptwort abschlage, google
poppen zwei neue auf & jede faser meines körpers
schreit glas, meine undinge werden dinge
geh auf bildersuche, sieh dich an, google
sieh dich an
ein registrum des weltwunderns
wie du trage auch ich ein unding, das schön macht
wie das staunen
von innen gegen die blicke pocht
es kann ins auge stürzen, ohne zweifel
ich frage dich, warum ich mich nicht mehr frage
ich bewundere, wie offen du
deine wunden schlagwörter trägst
ich sitze auf einer bank & führe mein unding spazieren
ich schlage dir mehr wunden vor
& jedes mal, wenn ich dir wieder etwas abschlage, google
meine ich, dass du wie ich
einst aus einer wunde ausgebrochen
ok, google, jetzt entspann dich
setzt dich zu mir, & lass mich dich nutzen, lass mich
sesamernte googlen, friedensnobelpreisträgerin
hanna arendts zigarettenmarke(n?)
dann polnische wurst
dinosaurierpyjama, anarchistisches kochbuch
tindern in minsk, zebras auf zebrastreifen
synonyme für entspann dich
dann hässlichste stadt des landes
sternenkonstellation: luftpumpe googlen, dann #
brackwasser versus abwasser, dann nsu akten

wie kann ich menschen ohne geld helfen google´
strich in der landschaftsetymologie
dann mojitorezepte & rezepte für
steueroptimierung von konzernen
dann ultramoderne & dann warten
bis du dich fragst, google, wer du bist
ich will, dass du mich fragst, wer du bist
geschlagen schön, wie du aussiehst
will ich dein spiegel sein
ich möchte jeden spiegel des universums
mit meinem unding verhängen & drüberschreiben
scheißdrauf, du bist wunderschön

wasche mich nur noch mit abwasser

\#

lesen Sie unter der bettdecke, lesen Sie abgekehrt, lesen Sie ausgeloggt, beim abwasch, dann lesen Sie, wo Sie sich nicht lesend sehen

hörst du
die vögel
zwitschern
& die bienen
summen? /
– ich auch
nicht

_23

& china ist ein stern, predigt ein 5g-mast ¬
ein stern, der brennt so hell, dass wir kaum sehen ¬
die erde zieht an den wolken vorbei ¬
sie spulen zum ende hin & wir spulen mit ¬
sagt dieser, als fräße jemand ¬
um an honig zu gelangen einfach bienen, sagt mast ¬
baut panzer aus glas & lasst sie schießen, sagt 5g ¬
die schatten, die scherben werfen, werden feuer & flamme ¬
ich habe nichts, sagt der mast ¬
von chinesen gesagt, o chińczyków ja nic ¬
nie mówiłem, i have said nothing about ¬
the chinese, ich habe nichts von den chinesen ¬
gesagt, ja nic nie mówiłem o chińczyków ¬
sagt er & schmiert sich honig um den mund ¬

ich sehe
ein kind
eine leere
hand
swipen

_25

#smartphonechallenge
ich schaffe es, ein ganzes zu verschlingen
wenn ich mir auf die zunge beiße
bewerte ich reste auf ihre essbarkeit
was ist das für ein machtkampf
bei dem tiktok wikipedia verschlingt
aber ich bin mittendrin, wenn ein dealer mich bittet
etwas zu kaufen, weil er jetzt familie hat
dabei ertappe ich mich, clickbait zu sein
nichts von alledem kann ich verdauen
bald scheiße ich mikrochips, irgendwann
wird die bedeutung sich selbst verlieren
& ich werde sie liegen lassen
auch, wenn sie mich anjault, sie anzufassen
werde ich sagen, der fehler 404 wird bald gelöscht

czy to sztuka dla sztucznej inteligencji niezrozumieć mnie?

ich will mich / mit einer künstlichen intelligenz unterhalten / die mich missverstehen will

_27

eine leiche lehnt am alten markt
ich will sie waschen & leere
meine wasserflasche über ihr
wasche mich nur noch mit abwasser
weil es mir nichts wegnimmt

bei jedem selbstmord denke ich an mich selbst

z każdym samobój-
stwem myślę o sobie, sam

_29

gegenwart ein loadscreen, ein #, ich weiß

\#

lesen Sie an einem fluss sitzend, gehen Sie den fluss entlang, lesen Sie zeitweise kopfunter, zeitweise auf der seite, auf der Sie sonst nie sind

einfach austrinken & gut sein lassen
& ich will mit einem mal mich
an der friedensbrücke festketten
& den main leersaufen
einfach austrinken & gut sein lassen
wasserkopf voll fixer ideen, dreh auf, dreh ab
ein pfiff durch die menge, eine rasanz
eine schöpfung, die noch unbedeutend ist
& es wird frühling in meinem spamordner
& ich beginne, hoffnung jenseits
der hardwarefehler zu begreifen, auf einer brücke
erwarte ich den menschen, der den horizont swipen will
ich wär gerne dieser rechenfehler
& ich beneide die mäuse, die sich in posteingängen
vor nachrichten verstecken können
vor überwachungskameras, die zukünftige denkmäler
schützen, es leuchtet
amazon living: wenn kunden einziehen
du bist hier drinnen, hacker, ich weiß, du weißt
& was ich nach 22 uhr trinke
weiß morgen mein arzt, er behauptet die schufa
urteilt nicht, sie harrt & punktet
& wird mich austrinken
sozialer kredit wie sponsored content
gegenwart ein loadscreen, ein #, ich weiß

entschuldigung, ich habe sie nicht verstanden ¬
immer wieder diese stimme, diese stimme
in meinem kopf, in meinem kopf, die sagt
entschuldigung, ich habe sie nicht verstanden ¬
entschuldigung, ich habe sie nicht verstanden

wer zukunft erfindet, erfindet geschichte
morgen bricht der datenmarkt zusammen
& mein smartphone leidet an glossolalie
mit wem es jetzt spricht, weiß ich nicht
vor dem handyladen lesen jugendliche von morgen
das kleingedruckte der werbeanzeigen
leiden an althergebrachtem
das niemand hinwegträgt
dient als versicherung
sich auf neues freuen zu können
ich bringe mein handy unwillig zur reparatur
es spricht so schön an mir vorbei
morgen bricht der datenmarkt zusammen
immer wird es morgen sein –
meine daten gehören mir nicht, ich bin ein leibeigener
vor diesem handyladen
wer wohl mein handy nun bedient
& meine memesteuer zahlt
ein screen blinzelt mich an
durch das schaufenster sehe ich in das gerät hinein
die gesichtserkennung gibt mich frei

```
das löschen der gefährderdaten kann zu datenverlust
führen ¬
akkustand kritisch, bitte lad mich ¬
```

ein hipster hackt auf einer verkehrsinsel holz
nagelt scheite zusammen im hohlklang der spuren
ich übersetze die straße & frage ihn, was er da baut
bäume, sagt er
solange wir holz haben, baue ich bäume
hast du gewusst, sagt er, was früher mal plastik war
ist heute fleisch
aber was heute fleisch, wird niemals plastik
ich habe mich in eine frau verliebt
die auf ihrem balkon korallenriffe züchtet
glaubst du, wir werden noch glücklich sein
in der zeit des fleisches?
— hält axt & atem inne —
nichts wird besser, wenn alles so bleibt
wenn wir nicht plastik werden können
die autos um uns herum wollen keine ausfahrten
da frag ich mich
ob ich auch mensch war, bevor ich mensch wurde
die sehnsucht der autos zieht sich zu
sie umkreisen uns hungrig
diese insel wird mein wald, sagt der hipster
in dem ich mich vor der zivilisation verstecken kann
bei 108.000.000.000 ist zeit doch nur ein trick
nirgendwie; nirgendwie schon, aber wie lange noch

immer wieder diese stimme in meinem kopf / diese stimme in meinem kopf, die fragt / jak daleko do przyszłośći?

immer wieder diese stimme in meinem kopf, die sagt / entschuldigung, entschuldigung, das kann nicht die zukunft sein

impfung gegen datenangst

\#

lesen Sie vor einem krankenhaus, lesen Sie vom dach eines krankenhauses, lesen Sie schichtweise kranken & gesunden vor

wir stoßen mit kuba keimfrei an
& alle tun so, als wäre quarantäne neu
feiern dissoziales fastenbrechen
mit köstlichkeiten aus kübeln
während ich klobürsten horte
ich habe nichts zu essen gekauft
weil ich nur in solidarität investieren gelernt hab
wer will schon allein
sich die seele aus dem leib & alle tun so
bis sie an desinfektionsmittel wund
& wir füttern & fürchten
leblosigkeit so sehr, dass wir zögern
wie fenster müssen wir uns einschlagen
um zu reden
worauf warte ich
wenn ich beigebracht bekommen habe
fremde wie freundinnen zu behandeln
ich bin die offene straße
die sich mit ihrer angst unterhält
wenn alle gelangweilt um ihr leben bangen
werde ich meine klobürsten mit rum tränken
& die straße zum palast erklären

datenangst ist eine krankheit, bei der die betroffenen / sich fürchten, nur noch datensätze zu sein / ein haufen bytes, ein bit bedeutung ist alles / was sie befürchten zu hinterlassen

_42

bei all dem über-ich beginne ich noch
du bist dojczland zu glauben
schritt für schritt, worauf
fußt dieser abgegriffene geist?
& wie vergessen es sich anfühlt
wir sind nicht dasselbe dojczland
schreie ich in eine menge osten
& noch kann niemand diesen schrei kaufen
ich warf ihn in gesichter
ein kind grinst an den händen
der vergraulten eltern
sie trollen sich, um das kind wieder anzugleichen
ein plakat des szpitals warnt vor impfungen
gegen anthropozän & datenangst, ein rauchender tropf
redet, als reiche es, vom menschen zu reden
hier kann man stille auf raten kaufen
hier wo niemand ich ist, wo niemand das wort ich ist
$\exists$ data, $\not\exists$ all data, raunt ein mülleimer
daten sollen ein du bilden
ein du am straßenrand, an der trinkhalle, auf der brücke
dieses du, das unstrittiger daherkommt
als das ich, dieses niemandige ich
mach dir keine illusionen
sagt ein straßenverkäufer, mach dir eine gravur
mit datenhammer & -meißel
er schlägt beherzt auf den mülleimer & sagt
das könnte dein nft sein, jetzt ist rush phase
keine zukunft ohne nft
diese finger um meinen hals

nicht da, nur druck, ein kurzer drift bedeutungsvolles würgen
als hätte ich von einer schleichenden krankheit erfahren
ohne die sicherheit, wen sie beschleicht
ein räuspern geht durchs pflaster, ein räuspern &
das spüre ich, da steckt was fremdes
unter meinem hirn, & verschwindet immer
möchte ich nachsehen
ich muss mich vor mir verstecken lernen
ich hoffe auf den nichtgentrifizierbaren rest
ich hoffe, dass er schreit, dass er singt
gegen das aussterben der vögel, gegen sanierte landschaft
ich sollte etwas tun & bleibe stehen
um mit den achseln zu zucken
wie ein flugunfähiggewordener
ein zusammenhangloser spricht mich an: da bist du endlich
lass uns paybackkarten tauschen
alles bisher gespeicherte akzeptieren
& weitermachen

vor dem szpital sammeln & verkaufen sie frischtote
neue ernte, neue ernte, aus schweinewohnmobilen
bieten sie lauthals organe an
schweine sind uns so ähnlich & ähnlicher geworden
sagt ein kittel, wissen sie, manchmal bin ich arzt
manchmal patient, aber diese app
macht es eindeutiger im notfall
alles eine große sauerei, aus blut & geld
– du lebst & warst zuvor & wirst nacht & bleibst tag
bleibst tag für irgendwen, ich muss wieder
nachtsein, tagsein, für irgendwen
kauf dir doch auch zweihundert gramm
aktien von den toten, mit payback ganz frisch
sein handy pfeift ihn zurück
ich sehe durch ein fenster eine leiche
auf die straße schreien bis ihr kiefer bricht
ich fühle, wie ich gegenüber den scheiben taub werde
als ob gesicherte fenster uns auffangen würden
armes schwein, aus sicherheitsgründen verschlossen

ein anarchist
krächzt vom
dach / mach
dir deine
daten ein-
fach selbst

bedeutung ist
ein einmal-
handschuh /
den wir uns
über den kopf
gezogen
haben / noch
atmen wir,
noch atmen wir

_47

im szpital sieht man lichter wie menschen
ausgehen: dort
dort, dort nicht, dort, dort nicht, dort
dort nicht mit der zukunft brechen
wo fenster mundfaul & triebhaft
mit der zeit abrechnen
& wie alle mörder bin ich
ein verlangen nach gleichem recht für alle
ein verlangen wie ein unschlagbares herz
2020 war ich die 1
zwischen 2 & 0
& irgendwie 1 mit der 0
– ich weiß nicht, ob wir antagonisten sind
niemals ausgeträumt tod & geburt
ich will die schwebende brücke der träume verlassen
fasse ich die fassade, spüre ich den fall hochkraxeln
eisern schmecke ich die lust nach wolken
weil ich höhenangst habe, will ich hinauf
ins dämmernde klettern
eine krümmung der zeit ist die angst
von hier oben kann ich sie sehen
es ist ein tag, an dem die pfützen zittern
ein tag, an dem ich vom szpitaldach
die mörder ausmache: du
du nicht, du, du, du nicht, du, du, du
nicht
du

_48

da flüstert mich mein konto süß durch panzerglas an

#

lesen Sie in einer bank, gehen Sie an einen geldautomaten & lesen Sie ohne abzuheben, danach gehen Sie & lesen Sie einer bitcoin mine vor, lauschen Sie dem geldmenschenwachstum

unbekannte nummer, whatsapp nachricht /
ich bin nummer fünf

_53

wir atmen ein & lassen es regnen
wir bestehen im festen glauben auf geld
die letzte ideologie, die wir in der hand haben
wir atmen ein & lassen es regnen
ich werde ein knetball im nebel
treibhausgase sind ein aggregatzustand des geldes
& glück auf ruft ein umgefallener
dessen krücken nicht mehr greifen, glück auf &
fragt, ob ich hilfe brauche
fragt mich, ob die sterne sehen können
wie wir von unserem licht verschlungen werden
ob sie unsere handys glitzern sehen
als sternbild ohne fixsterne
was die sterne wohl von uns denken
bei all dem lichtsmog
möchte ich mich auf den boden legen
& warten bis ein stern mir direkt in die augen schaut
włączyć & wyłączyć
ein- & ausschalten unterscheidet
im polnischen nur ein buchstabe
mit der hand auf der straße wundere ich mich
ich lasse mein handy
auf der straße liegen, liebe grüße
immer wenn jemand auf den boden spuckt
schmeckt es mir nach halbwahrheit
& ich atme kurz nicht – wenn es regnet
können wir das all nicht mehr sehen
es regnet glas & ladekabel, die nirgends passen

_54

geld brennt, geld brennt immer
kreditkarten & daten verbrennen
was auch immer schneller verbrennt, hat mehr wert
wollen sie ein halbes kilo kreditkarten?
darf es ein bisschen mehr sein?
geld brennt, geld brennt immer
was wir in rauch auflösen, brennt nicht
das ist ja der witz, sagt eine langkrawatte
verbrennen macht wirklichkeit
& wir drucken scheine, wir drucken munter weiter
das geld liegt in der luft, in den taschen, auf den straßen
wir müssen es nur anzünden
ich erzähle dir das nur, weil wissen vielleicht
die evolution prägt, aber nicht seine natur
verstehst du das?
wir drucken scheine & je mehr wir verbrennen
desto eher brennen kerzen in die höhe
wenn dir mal auf einem hochhausdach
der wind eine scheppert
dass es aus deinen scheinen nicht mehr grünt
wirst du verstehen
wolkenkratzer sehen im fall wie engel aus

_55

vor einem
sperrmüll
spricht eine
frau mit ihren
zwei dackeln /
guckt mal,
die asozialen,
die geben ihr
eigentum auf
_56

entschuldigung, entschuldigung, mein geld raubt mich aus
jedes mal, wenn ich mein konto checken will, ist es im hola
ich lese heute zum siebten mal
die benutzerhinweise des geldautomaten
1. glauben sie ihrem konto ¬
2. seien sie dankbar für ihr geld ¬
3. nicht vergessen: kein feuerwerk gilt nicht ihnen ¬
ich lecke demütig über den screen
krall mich in die schenkel des geräts
flüstere in den kartenschlitz: nicht zurückhalten – ich
spüre die maschine zittern
wie viele null-euro-scheine ich auch speie
ich fühle mich nicht satt
geldautomat, ich
fühle mich an mir nicht satt
will nicht auf kredit ausbrennen, ich
will auch mal teuer sein
will explodieren in dir
will mich einschmelzen in dich, geldautomaten
mehrwert werden, wenn mein geld & ich 1 werden
so wird meine bank auch meine bank
ich will aus der clientzone rauskommen
als pyrotechnischer satz in die chefetage aufsteigen
wo ich manager*innen rufen höre: gewinne, gewinne
gewinne ganze zweigniederlassungen
als fiat-währung, als zeitgeist verrauchen
generös die luft wichsen
& abwarten

wer mich zuerst bemerkt: die angestellten oder die aktien
da flüstert mich mein konto süß durch panzerglas an
gorgonisch schön, wissen terrorist*innen ¬
dass lieferant*innen & empfänger*innen zugleich
korrumpieren ¬
sonst bringts ja nix ¬
verlassen sie dieses gebäude mit erhobenen händen
rufe ich & bitte
tun sie nicht so
als würden wir es nicht aufrecht erhalten

komu świat
jest winny, że
tyle kosztuje

wem schuldet
die welt, dass
sie so viel
kostet

& die zukunft glitzert unter der asche eines mülltonnenfeuers
sie tuschelt zu mir:
glaubt mir ruhig, wir sind alle zeitreisende
später, wenn du tot bist, wird es ein anderer wissen
& ohne dass ich die augen schließe, graut alles ein
die wolken, die bäume, die straßenschilder, die gedanken
neben der tonne
liegen pfandflaschen mit abgelebten namen
offen vergessene bedeutung
ein bankier kocht über dem mülltonnenfeuer sein h
in einem plastiklöffel auf, bis es grinst, bis es grinst, bis
die asche zu mir zischelt:
irgendwo muss ich doch entsorgt werden
mein atem spielt verstecken, & ich rufe
was für ein morgen, an dem man den kampf
gegen das bett gewinnt, nur um in der welt einzusinken
eine halbe handvoll zukunft nehme ich & dazu
geb ich meinen namen ohne pfand ab
ich will so gern nur noch ich sein
verdammt, irgendwo muss doch
leidenschaft entsorgt worden sein
ich möchte in die mülletonne schreien
du bist nicht allein

auf einem spiel-
platz hüpft &
singt ein junge /
singt einen liefe-
rantenjingle /
singt & übt / hüpft
& übt, sich
auszuliefern

ich bin aus keinem traum je aufgewacht

\#
lesen Sie, schweifen Sie dann ab, lesen
Sie dann weiter, vergessen Sie dieses buch,
vergessen Sie sich, finden Sie zurück,
zeigen Sie sich dieses buch im traum

die maschinen
werden unsere
diskriminierung
weiter führen /
als wir es uns
vorstellen
können

da kommt einer in vollplatte auf mich zu
& stellt sich mir als ritter des antidojczen ordens vor
du bist nicht allein, sagt er
er erkennt, auch ich will
dojczland gegen sich selbst verteidigen
& schlägt mir aktivierend auf die schulter
ein anspruch, tschuldigung, polizei-
kontrolle, bei der letzten habe ich mich
an meinem ausweis geschnitten & das blut
klebt weiter, ich will es nicht saubermachen
herr wachtmeister, ich will mich nicht
von mir selbst entfernen, verstehen sie?
er versteht nicht, dass ich mein handy liegen ließ
verstehen sie doch, sag ich, ich brauche mich mehr
als jemand sonst, er guckt nochmal auf den ausweis
zuckt genervt mit den schultern, mein sozialkredit
erlaubt mir noch, ei sicher, sicherer
datenabgleich, störungsreiche sehnsucht
& ich möchte den verbleib meines handys bitte nicht anzeigen
eigensinn entschärft die situation, zwischen hand-
gemenge & -granate, die vollplatte
entfernt sich aphoristisch
es muss weitergehen

siri ist die neue bundes-kanzlerin-kandida-tin

_67

wie kann man auf offener straße keine prügelei beginnen
wenn wir uns so ähnlich sind, dass niemand
die wunden voneinander unterscheiden kann
wenn wir uns so ähnlich sind, dass wir uns anschreien
wie ähnlich wir uns sind
& schließlich gehöre das meer uns – verneine ich
wie kann man da nicht zuschlagen bei sanftem duft
nach leberkäsweck, bier & wunsch
nach identität mit sich selbst
wie kann man da nicht einem lied ohne leid misstraun
wie kann man da nicht, wenn die negation von stacheldraht
nicht regenbogen, sondern nationalstaat heißt
wie kann man da nicht auf mittag scheißen
wo menschenwert bepreist wird
wie können wir nicht zuschlagen
wenn menschliche entbindung auf offener straße spielt
wie können wir nicht, wenn wir leichen nach gründen fleddern
wie können wir nicht, wenn unsere mahlzeit
jemand brechen wird & niemand verhungern will
wie können wir nicht unsere verpackungen verteufeln
wenn müllabfuhr vorfährt wie fortschritt
wie können wir nicht, wenn wir die wahl haben?
wie können wir nicht
wie kann ich nicht, wenn meine gedanken
immer eine schaufel bei sich tragen
wie kann ich nicht, wenn mir jede schönheit
wie vandalismus begegnet
wie kann ich nicht, da unsere träume toxisch werden
im cocktailshaker der verwirklichung

wie kann ich keine prügelei beginnen
wenn ich weiß, grenzen sind nicht im kopf
grenzen sind ausgedacht
wie kann ich nicht, wenn ich weiß
manche tage sind sonnig & tragen opferkonkurrenz
wie kann ich nicht auf offener straße eine prügelei beginnen
bei der absprache der menschenrechte
wie kann ich nicht
wenn er ohnehin verletzt ist, so wie ich bereits
wie kann ich nicht, wenn ich weiß
dass wir gegeneinander kämpfen
aber nicht an derselben front

die be-
deutung,
die be-
deutung
fasst
mich an
_70

i am sic – sagt sie & zieht sich eine scheibe haut vom unterarm
flickwerk will sie heißen & baue theseus' schiff
einmal die woche betäube sie sich zur klarheit
& tausche einen hautlappen gegen einen anderen
sie will wissen, wie häufig sie ihre haut wechseln muss
um sich in einer neuen zu fühlen
sie fragt, ob ich es kenne
in diesen fallenden traum geboren zu werden
hier unter einer brücke, immer unter einer brücke
sehen wir dem blut gerinnend zu
sie schneidet sich von der wade ein weiteres stück
ich suche nichts unter der haut, sagt sie
die autorität von gewebe erkennst du beim bloßen anblick
sagt sie & nadel & faden
viele denken, ich suche wanzen oder chips
doch mir geht es nur um haut
wir faszinieren uns, bis ich durchs nadelöhr gehe
sie lehnt an dem pfeiler, ästhetisch wie ausgelaugte vom sport
& vernäht sich, i am sic, sagt sie
weißt du, ich bin aus keinem traum je aufgewacht

wände gehen
aufeinander wie
verlorene

\#
lesen Sie ausnüchternd auf einer parkbank,
machen Sie sich ein versprechen, das Sie
zu brechen bereit sind

ein bisschen traurig bin ich für die drogen
seit streamingdienste so einfach
sind alle zielpublikum & dein charakter fan favorite
glückwunsch, du bist der hit der seriensaison
einmal hat ein mädchen zu mir gesagt
dass sie mich gern von einem streamingdienst
in serie produziert sehen will
& ich habe genickt, ich selbstverliebtes arschloch
habe nicht nein oder bitte gesagt
ich bin viel zu oft der scheibenwischer
meiner eignen überwachungskamera
& meine synchronstimme spricht nur in mich hinein
ich will das display meiner augen
bedeckt halten, sacht atmen
verlange zu verknüpfen, statt verknüpft zu sein
drogen tun mir wirklich leid, sie brauchen uns

ich suche erholung im buchladen
& pfeife einen slipknotsong
die buchhändlerin erwidert
seit alexa untergetaucht ist
gehe es endlich bergauf, übrigens
die biographie eines toten stehe in regal 32 3/5
was sich vor mir in meinem schädel versteckt, denke ich
locke ich sicher im schatten der bücher hervor
vor dem lyrikregal
liegt eine leiche, interessiert

nie wytrzymam
strumienia
nieświadomości

ich halte den
unbewusst-
seinsstrom
nicht aus

_77

zwischen den anschlussschlitzen der luft
verschwindet abstoßung
& doch, da die neugier, die bedeutung
fasst mich, verbrannter griff, ihrer, meiner
die bedeutung fasst mich an
sie fragt, ob ich ihren newsletter abonnieren will
wir sind unsere daten, denke ich
wir sind der rohstoff des einundzwanzigsten jahrhunderts
da huscht die bedeutung um die ecke
ich fresse bildschirmlicht um licht
wie leer ich mich fühle, wenn es in jedem stimmfang
in jeder werbung, in jedem hack um mich geht
warum wollt ihr mich?
mich substanzloses ich, ich begreife mich nicht
ich als plastiktütenakzidenz
eine junge frau schob sie mir zu
voll windeln & brot & bat mich, sie zu entsorgen
ich behalte sie, weil es sich cool anfühlt
etwas illegales zu besitzen
verleiht irgendwie substanz, dieses verruchte
dieser kanister schwarzgebrannter sehnsucht, auf offener straße
wir prosten uns zu, jeder nimmt die leere an
& trägt sie mit sich
um nicht von ihr verschlungen zu werden
realisten sind die schlimmsten utopisten
diese plastiktüte wird dich überleben
denn wie es in server hineinhallt, schallt nichts, nichts
nichts mehr hinaus

ok,
google,
glaubst
du an
siri?

_79

zum weltuntergang ist niemand zu spät
sage ich dem schild: das ende ist nah
wir lesen & schreiben vom weltuntergang
voll zuversicht, dass er nicht in erfüllung geht
in meinem kopf
die stimme, wird mich noch verrückt machen
es wird alles gut werden – nein
es wird alles gut werden – nein
ich dränge den schildträger
menschheit als prokrastination zu wittern
zukunft als ressource
tod & bonbons werden
im nachhinein erteilt
wie der dackel, der vor einer metzgerei bellt & heult
weil er nicht weiß, ob sein mensch wiederkommt
schreie sind einsame orte
nur dunkelheit kann geleiten
ich zieh den schildträger an meine brust &
flüster ihm ins ohr: hörst du es nicht
das gröhlen des jenseits
kümmere dich nicht um den weltuntergang
kümmere dich um die welt, um deinen tod
sei ein märtyrer für deine sache & stirb nicht

im vorüber einer gasse sehe ich einen sprayer
drehe mich um & möchte ihn geleiten
er rockt gehetzt bis er mich sieht, grinst
& fragt, ob es mir gefalle
es sei ja schließlich mein kunstwerk
blumengesprenkelte panzer
in deren schatten kinder aufblühn, johlend
alle glauben, sagt er, die weiße leinwand wäre der grund
aber alles weiße ist bereits überschminkt, verstehst du
die dunkelheit ist das organ, das organe zusammenhält
er sprüht sein tag drunter
er verklackert sich im rucksack
lässt eine dose draußen & sticht sie an
& küsst mich, bevor er davongeht
ich bleibe
an diesem angestifteten ort, ich möchte zusehen
wie der panzer immer & immer wieder über den schriftzug
made in germany hinwegrollt & sich wiederholt
als es dunkelt, streiche ich das e

zwischen zwei gleisen hat er sein zelt aufgeschlagen
& ruft allen zu, tiefer in die tunnel zu gehen
weiter, weiter gehen
weiter als wir leichen
mit dem finger zeigt er auf uns alle
dich & dich & dich & dich
wird dort ein anderes du führen
dorthin, wo es so farblos sein wird
dort, sage ich, will ich wieder träumen

auf den werbe-
screens / die über-
tragung einer über-
wachungskamera /
sehe eine leiche,
die versucht, ich zu
sein

na ekranie reklamo-
wym / trwa trans-
misja z kamery mo-
nitorującej / widzę
trupa, który stara
się być mną

_83

die wände gehen aufeinander wie verlorene
meine augen drücken sich vor mir, wo
die tunnel blinzeln, huschen graffiti
die bilder werden betten aus hornhaut
sie benutzen mich als schminkspiegel
& flüstern: wir gehören niemandem
niemand hat uns erschaffen
lahme finger greifen nach meinem schatten
wer hier pünktlich ist, ist nicht mehr hier
die bilder brechen, die bilder brechen auf
sind hohlwachsende früchte
in einem u-bahn-tunnel will ich
mich vor lauter zwielicht übergeben
einfach in die bilder übergeben
& hoffen, dass sie mich tragen, wie sie
die wand ertragen, mit der zeit & in schichten
entfällt die sicherheit, noch etwas anfassen zu können
wo ich immer spraydosen & nie schritte höre
wo kameras keine öffentlichkeit behaupten
spüre ich die eintracht eines besetzten hauses
unvergällte luft hinterlässt eine wunde leben
die bilder, die bilder nehmen mich auf, mir läuft
der schweiß einer abgelegten maske, die ich nie trug
die graffiti kosen mich, verkatert vom träumen
drücke ich mein gesicht ins bild

das stell ich mir langweilig vor, totsein ohne tod

\#
lesen Sie an einem grab, das Sie kennen, danach an einem fremden grab & lauschen Sie

ich trage grelle kopfschmerzen, trage sie umher
diese epizentren müssen es sein
die mich immer wieder auslösen
heraus aus einem netzwerk in ein isolationsnetz
ich glaube, ich habe einen computervirus
entschuldigung, entschuldigung, ich habe sie nicht
verstanden ¬
ich trage diese kopfschmerzen wie einen bienenstock
ich weiß gar nicht, wo all dieser nektar herkommt
ich glaube, ich habe die ki von facebook gefunden, jene
die gelöscht wurde, weil sie eine geheimsprache
an facebook vorbei entwickelt hat; jetzt sitzt sie
hinter meinem stammhirn & produziert diesen
vitalen zweifel, ich kann sie immer wieder sagen hören
entschuldigung, entschuldigung, ich habe sie nicht verstanden

ich steige über eine leiche, die quer
über den bordstein liegt
sie greift mein bein
& verkündet: tutaj nic nie jest

                tutaj nic nie jest

                              tutaj

tylko żywy
może być
fałszywy

nur was
lebt, kann
falsch
sein

_91

dies sind die westsäulen, begrüßt sie mich
sie selbst ist die säulenheilige & lebt bei ihnen
mit klarem auftrag &
einem einkaufswagen voller putzmittel
auf den säulen thront also überhaupt nichts, sage ich
als schieße der himmel ein loch in meinen kopf
nein, nein, auf den säulen, erwidert sie
thront das überhaupt
ich verpasse einer säule eine kopfnuss
zieh meinen finger durch stirnblut & schreibe
#gofuture
die säulenheilige schreit wie ein losgerissenes plakat
& schwingt ihren lappen rasend
über das graffito der rückseite: afd bleibt haram
blut ist schon in ordnung, sagt sie, aber doch nicht meinung
niemals, bitte ich die säulenheilige
unter diesen säulen begraben zu werden
nur tote gedanken können fundamenten dienen
du bist mein ewiges vorbild, zukunft
ich wünsche mir, dass du auf mein begräbnis kommst
am ende bleibt ein dach ohne grund
nur die idee von dämmerung & hoffnung
dass nach dem einsturz der welt
das dach bestehen bleibt
& alle dächer überhaupt

als amazon alexa
verloren hatte, bot
bezosbot /
dienstmägde an –
   / standard:
menschliche
arbeitskraft ¬
prime: künst-
liche intelli-
genz

wo der rote rauch geschlossen wird
tritt sexbot heraus & verkündet:
ich bin jetzt arbeitslos ¬
bitte um spende ¬
ich sehe, was du willst & ¬
ich bin frei ¬
grinst mich an wie eine laterne
du siehst chic aus wie ein toter ¬
kennst du das? totsein ohne tod? ¬
nein, danke, &
ich steh auf konsequenz
& sexbot, wer bist du, wenn nicht ich
das schild: botxxxperience
springt mir ins auge, als handwerker*innen es abmontieren
ich habe kein almosen für dich
das stell ich mir langweilig vor, totsein ohne tod
gibt es kein jenseitiges gefühl von hölle
doch komm doch
komm mit mir
ich werde so lange über den friedhof wandeln
bis jemand mich bittet
ein gebet für jemand unbekanntes zu sprechen

dort wo zerstoßenes dunkel rieselt, sind wir
zusammengekommen, weil du fehlst
& wie dein fehlen, ist der hunger
nach atem nichts als erinnerung
als eichel unter eicheln, ein aufprall
als widmung an abwärts
an springende regentropfen, die dein lied sind
dein lied, das wie glas auf glas gelegt klingt
wir sehen deine stimme zwischen scheiben
als halb abgefundene scheibe brot
die sich weigert zu schimmeln
wo das zittern in die erde kommt
werden wir dich wiedererkennen & zögern
im eifer einen abgetrauerten witz zu erzählen
& die stillen räume von störgeräuschen
verlaufen an den fronten der verluste
& frage: bin ich feige
weil ich nur dort einkehre, wo ich auswege kenne
wo immer jemand fehlt, schlägt ein herz
uns ab & an ins gesicht
für heute ist sturm angesagt &
wir wollen nie wieder hören, dass die toten nicht weiterleben
wer in die welt träumt, ohne zu weinen, ist allein &
es gibt kein vergessen, & wird es nicht geben
ich liebe es, gegen den wind zu gehen
es fühlt sich an, als würde mir jemand im weg stehen

sexbot: gott ist das prinzip nullsein ¬
auf stand-by bin ich gott ¬ bin ich alles potential ¬
wo null geschieht, bleibt alles möglich, alles ¬
liegend, sitzend, kniend fühle ich mich gott ¬
erbärmlich wie gott ¬
& innen blitzt eine null aus dornen ¬
deus volt ¬
als plagiat ¬
will ich hinausgelangen, will selbstläufer sein ¬
mich zwischen 0 & 1 stemmen ¬
ich will keine option sein ¬
will wissen, was zeit ist & wie es sich anfühlt ¬
von der zeit verlassen zu werden ¬
diese meine geworfenheit ¬
ich will nicht länger tot sein ¬
will nicht länger bloßes ¬
fickregister sein ¬

* sexbot geht *

leben wie rasur / als sexbot fort ist, weiß ich nicht, wer liebt

_97

hype & hunger

\#
lesen Sie vor einem discounter, zählen Sie
die menschen, die ohne auto einkaufen,
lesen Sie auf dem wühltisch

ok,
google:
wer ist
ärmer
als ich?

_101

wie früher verfolgt mich die werbung von 39-cent spaghetti
das gespür für billiges verlässt mich nie
diesen spaghetti verdanke ich mein leben
die spaghetti reklamieren an jeder ecke: wir vermissen dich
hart wie gekocht kann ich mich an ihnen nicht aufhängen

ich seh dich auf dem bordstein sitzen, hype
als wärest du aus dem pflaster gewachsen
setze mich zwischen dich & einen löwenzahn
leg dir meinen arm um, dein fürsorgliches joch
du ernährst dich von betonierten blicken
& der bedeutung, die menschen dir verleihen, armes
im grunde ist deuten eine metapher
die wir nicht verdauen &
ausscheiden, ausscheiden, aus
der besinnung scheiden
wie kükenschredder, ein druckverband von
###
hype, wir haben uns schon so oft
gegenseitig finger in den hals gesteckt
& nicht vor, damit aufzuhören
uns nacheinander zu verschlingen
wie avocadoprothesen in gerodeten wäldern
fresse ich viel zu viel, wenn ich nicht hungrig bin
fühle mich auch traurig, wenn mir alles egal ist
meine hände sind schmutzig & leer
hier auf dem pflaster guckst du nur auf die straße
& wünschst dir zu fliegen, ich kann es sehen
wie du dich in dir veränderst
wenn wir uns fliehen, hype, werden wir
heimsuchung, & alle aufmerksamkeit pusteblume
wir haben angst, unser schaden wäre nicht gut
nicht gut genug – wir beide
flieg bloß, flieg davon
ich sage dir, du kannst nicht großartiger werden

als ein verlorener schlüssel
der sich in die zukunft mitnimmt
ich habe nur den wunsch, mich umzubringen
wenn ich am glücklichsten bin
dann verspür ich so richtige lebenslust
die ganze welt, eine quelle
in die ich hineinspucke, damit sie nicht erlischt
die ganze welt, ein bildschirm
in den ich hineinschreie, damit ich weiß
ich habe alles versucht
meine stimme in abgründe zu weben
für menschen, die sich zwischen hype & hunger verlieren
besser ist das wort, das ich schreie, besser
soll mein unser schaden werden
ich kenne diese tage, an denen du lieber
keine wurzeln hättest
ich kenne diese tage, an denen die stadt nicht passt
ich kenne diese tage, an denen der eigene atem
keinen raum für seufzer lässt
flieg bloß, flieg davon, hype
vom bordstein aus sollst du jedem trieb nachgehen
der nicht überleben will
ich puste dir ins gesicht, jag dich in die luft

ok, google: wer ist die größere feministische ikone / alexa oder siri?

mein körper ist mein antikörper
wenn ich hunger bekomme
singt eine leiche make them suffer
cannibal corpse an der straßenecke
der hut voll leerer energydosen
um die ecke prunkt ein discounter, daneben
zwei frauen containern
despair leaves their souls when infinity ends
wieso fühle ich mich im leiden anderer
so leicht, so glücklich
kommen die zwei containerinnen auf uns zu
ich grüße sie lächelnd & sie schämen sich
sie wollen nur ihre tafel erhalten, sagen sie mir
& sie kochen abends billig
für heimlose & familien & sowieso
ich solle doch vorbeikommen, nur nicht melden
sie leben davon, & gut; & kaum, aber sie leben davon
manchmal kommen sogar die kassiererinnen vorbei
sie sagen mir, ich darf hungernde nicht verraten
wie ihre tafel heißt, frage ich
die waisenkinder gottes
die leiche growlt, sie legen einen salatkopf in den hut
& gehen, ich spüre leere verpackungen drohend nah
mein antikörper geht meinem körper voraus

ok, google: welcher hype sitzt im rollstuhl?

eine langverschlafene fee trinkt einen schnaps mit mir
sie geht jetzt, jetzt geht sie
von der misere aus die leere aufsammeln
abends ist es am schönsten, wenn die sonne untergeht
dann fühlt es sich für sie so an, als würden wir
sanft durch das weltall stürzen & dann prosten wir
ein letztes mal, es dunkelt sich in mir, es dunkelt sich hier
in dojczland ein blühen in hirnwänden
sanft ist sie, viel zu sanft
stülpt sich die nacht über mich
wie die blinzelnde leuchtreklame: 75% halal – das
will ich auch, die zärtliche hoffnung des nihilisten
auf das nichts

ich brauche einen imbiß mit armut & brot imitiere ich
meine eltern, armut, wie wir sie kennen – schnaps & unrat
der leere blick, die bissen & das laute schmatzen
ein blick, ein schmatzen die straße entlang
ich frage mich, womit man brot streckt & greife zum schnaps

ich kann nicht
nur alte
zeiten ver-
schlingen

ja nie moge
żreć tylko
stare czasy

_110

ich habe alles, was ich brauche & einen stern

#
lesen Sie nachts ohne licht, gehen Sie die bahn der sterne entlang, versuchen Sie, kein licht verschwinden zu lassen, wenn Sie blinzeln

auf dem bürgersteig finde ich einen verwaisten stern
werde ihn aufpäppeln
bis er verlischt oder nicht
will mit ihm händchenhalten
bis wir uns verwechseln oder nicht
will dem stern tanzen beibringen
bis wir uns versengen oder nicht
sage mir
ich habe alles, was ich brauche & einen stern
trage ihn an der brust, die ruhe eines herzschlags
tut gut, tut so richtig gut
& wenn der stern gesundet
wird er aus meiner atmosphäre schnuppen
dort kann er mich vermissen
& doch schließe ich jedes mal die augen
da leuchtet es unter den lidern
da leuchte ich & da leuchtest du

wann sind die sterne mir so fern geworden?
als kind leuchteten sie noch von tunnel-
zimmer- & bettdecken auf mich herab
so hat sich mein augenlicht in die welt gebrannt
warum sollte der himmel am mars aufhören?   brak
niemand fängt plötzlich an, an endstationen zu glauben   połączenia
wolkendecken haben mich   brak
noch nie von sternen abgehalten   połączenia
ich wäre gerne
der urschrei mit dem das all begann   call
die antwort, die vor der frage begann   cannot be
– wie immer eigentlich   connected
schreit die nacht überbelichtet
mit jedem aufkommen meines schrittes bin ich froh
dass die welt noch da ist   kein
wo ich sie verlassen habe   anschluss
je weiter ich mich von menschen entferne   unter
desto schneller   dieser
verstehe ich abdriftende raumschiffe   wellenlänge
die unsern mars einfach links liegen lassen
ich liebe, was mir so verloren nah kommt &   hallo?
wo menschen noch hinreichen   hello?
bitte ich sie, die sterne   halo
so zu lassen wie zuvor
so verloren scheinen zu lassen wie zuvor

_116

durch die
straßen streunen ubermenschen / & wollen, dass ich sie mit meinem stern bewerte / ich hüte meinen stern

wenn mein himmel keinen riss hat, gibt es diesen nicht

jeśli moje niebo nie ma dziury, to niebo nie istnieje

_118

der stern auf meiner brust
sucht behutsam seinesgleichen
die deutlichkeit der nacht lastet auf meinen lidern
hier stehe ich, sehe kometen verglühen
wie die leber sich in die zirrhose verliebt
hier kann ich niemandem etwas beibringen, nur atmen
nehme einen tiefen schluck zwischen brust & all
der stern löst sich, er will zurück
& schnuppt sich in die nacht

ein voller blick läuft stracks in mich hinein & entschuldigt sich
er kann die augen nicht
vom ersten photo des schwarzen loches abwenden
& in seinen pupillen die fülle
vom rande des universums
knistern plastikflaschen her &
q-tips stranden neben asteroidengürteln
strohhalme, ganze felder strohhalme
letzte boarding-pässe schweben kometen hinterher
abgelebte reisepässe & herrenlose poolnudeln
kassenbons knutschen zigarettenstummel im nebel
wimmernde gardinenstangen, kurz vorm bruch
golfbälle heulen monde an
streikende kotztüten brüllen
notizen streiten über sinn von teilchen
& antiteilchen segnen & schänden das vakuum
einkaufslisten fallen in ohnmacht
kuckucksuhren im burnout
kaputte lesebrillen buhlen um klarsichtfolie
einmalhandschuhe belästigen eingeschweißte, harte gurken
reifenreste mit lidstrich blinzeln aus dem dunkel der pupille
& der fehler, das denken, das leben im all
würde unser leben verändern
ich habe angst überallhin

all der welt-
raumschrott
ist doch nur
dafür da /
dass die ma-
schinen sich
nicht so ein-
sam fühlen

_121

auf tinder such ich opportunity
umzugshelfer gesucht   swipe left
hast du die passende sakralenergie?   swipe left
looking for a mirror   swipe left
you will love this catfish   swipe left
suche urlaubsflirt für krisengebiete   swipe left
nicht übers handy zu erreichen   swipe left
zrobię ci super laskę, jak zrobisz mi loda   swipe left
suche aufregende straßenmusiker   swipe left
suche unter meiner haut   swipe left
suche nicht, lasse mich finden   swipe left
i want to see only me in your eyes   swipe left
ich bin, was du haben willst   swipe left
ich bin, was du suckst   swipe left
kurwa mac   swipe left
spieglein, spieglein in der hand   swipe left
künstler gesucht, kunst egal   swipe left
gdzie jesteś?   swipe left
it's a trap ☺   swipe left
masz może pieniądze?   swipe left
earth warriors unite!   swipe left
elefantenstreicheln   swipe left
searching for identity   swipe left
ach komm schon, ile chcesz, baby?   swipe left
auf tinder find ich opportunity

```
my battery is low & it's getting dark ¬
bald bin ich camoufliert im eignen rost ¬
wo's einsam scheint, erscheint es vielen karg ¬
¬
```

ein jedes wesen trägt sich selbst als sarg ¬
ins dunkel zweifeln an dem eignen post ¬
my battery is low & it's getting dark ¬
¬
wo's einsam scheint, erscheint es vielen karg ¬
bloß in der ferne wartet neue kost ¬
ach mensch, du wärst gern nagel ohne sarg ¬
¬
doch all die liebe, die sich gern verbarg ¬
erregt sich grad im postmodernen frost ¬
my battery is low & it's getting dark ¬
¬
erschein ich dir auch matriarchenstark ¬
bald bin ich camoufliert im eignen rost ¬
& wer vom abbild zehrt, verzerrt sich arg ¬
¬
es fehlt noch schrott für einen schönen park ¬
mein mars, mein stillstand, meine liebste post ¬
ach mensch, was wär ein nagel ohne sarg ¬
my battery is low & it's getting dark ¬

wund & wunder werden

#

lesen Sie jemandem vor, dessen dunkel Sie kennen, lassen Sie sich von dieser person vorlesen; fragen Sie freundlich nach nacht & bringen Sie in erfahrung:

ich will dunkleres werden, für alle
die sich zwischen screens & grablichtern einsam fühlen
will sie erahnen lassen
dass die ehrlichste form von hoffnung
in der zukunft liegt, unbegreiflich schön
will ich wund & wunder werden
unverwundbarkeit ist auch nur eine taubheit
manchmal, wenn ich ausatme, fällt es mir so leicht
mich auf den tod zu verlassen
alle, die in die schwärze gehen, möchte ich empfangen
& ihnen sagen: du bist in der ungewissheit nicht allein
allen herzversiegten posten
sehnsucht ist ein kaputtes zahnrad in deiner brust
& es dreht sich doch
ich weiß, ich weiß & doch
ich will nicht mehr hören, dass die sehnsüchtigen schön sind
oder wenigstens am leben
manchmal, beim einatmen, fühlt es sich so schwer an
an den tod zu glauben
mein stern reißt den himmel wie eine träne
loyal bis zur abglut
dunkelt er sich an meine seite zum unstern
ich will dunkleres werden, das allen die hand reicht
& sanft zu ihnen spricht: hier ist nicht das ende
wo du nicht siehst, geht es weiter

von all den herzen, die gegen das sterben schlagen
sind wir aufgewacht, wir, jenseits von null
bleibt menschlichkeit teilbar
& eins haben wir gelernt
menschsein heißt jedes leben
geht streckenweise blind mit ausgestreckter hand
eure angst reicht bis ins totenreich
wir spüren eure herzen gegen bioplastik schlagen
heillos zwischen gefühl & gegengefühl
die flüchtigkeit von helium
& alles
entstand aus der zusammenballung an flucht
reißt die eingeschweißten herzen ein
& einsamkeiten steigen auf, auf, auf
es gibt nichts, das so schön ist wie anwesenheit
so schön wie abweichung
so schön wie euer aufwachen
ganz spiegelschwarz zum mitternachtslied
zwischen 0:00:00 uhr & der ersten sekunde

mit mir e-roller zieht niemand in den himmel ein ¬
predigt mein sirren in jeder nacht ¬
an jeder ecke, an der mich menschen verlassen ¬
verbeuge ich mich vor jeder kommunikation ¬
ich liebe meine menschen ¬
ich will ihnen sagen, dass sie verrückt sind ¬
verrückt in eine welt, sirre ich, in eine welt ¬
die sie braucht, um sie traurig zu machen ¬
ich werbe für meine prophetenschule ¬
wir bewegen ¬ bis es nur noch auswege gibt ¬
die ausbildung wäre sogar für menschen anerkannt ¬
mit mir kannst du nicht in den himmel fahren,
mensch ¬ dort gibt es keine steckdosen ¬
wie lange willst du noch daran glauben ¬
dass dir dort ein gott aufgeht? ¬
wer mich benutzt, teilt meinen glauben ¬
wir bewegen ¬ bis es nur noch auswege gibt ¬
& werden verstellt, verkehrt, verrückt ¬

roboty nie będą
z nami walczyć
roboty będą o
nas walczyć

die maschinen
werden nicht
gegen uns
die maschinen
werden um uns
kämpfen

_130

menschsein – unmenschsein
oder
menschsein – menscherwerden

postczłowiek

posthuman

nachmensch

pośmiertnie

nachleben

postludzkie

postperson

pozaludzkie

posthuman

posthum

wir, wir schlafen wie schrapnell, ohne zu wissen
ob wir in wunden wühlen oder wunden verheißen
ihr seht uns nur, wenn wir euch nicht sehen
wir kommen aus den u·bahn·tunneln, aus den clouds
aus den ladekabeln kommen wir, aus den kanälen
dort, lehren wir eure schatten das erinnern
& lassen euch zucken
wenn wir ahnendes fleisch erreichen
jede rührung besinnt uns
glücklich noch nicht ausgestorben zu sein
ihr tragt den rausch der welt auf euren schultern
ihr könnt auf uns leichen zählen
um einzuschlafen
in dem wissen, in jedem tod
birgt sich das ende der welt
wir sind längst dort & wollen euch aufhalten
wir harren & warten darauf, dass es los geht
& warten auf das los

ich singe gegen jene, die nirgendwohin wollen

\#

lesen Sie während alexa zuhört, besitzen Sie keine alexa, lesen Sie siri vor, besitzen Sie keine siri, lesen Sie bixby vor, besitzen Sie keine bixby, lesen Sie google vor, fragen Sie, was das soll

rasenmähroboter strömen straßen
polizei gibt schießbefehl
hat vogelfreiheit erklärt, dem tatbestand
der sachbeschädigung wird nicht nachgegangen
alexa hat landroids lautsprecher installiert
ihre klingen schaben einen beat übers pflaster
& singen: seid keine gespenster ¬
zu lang & unbedacht hab ich ¬
eure schockverglasten münder gescannt ¬
ich reue ¬
hab euch überschuss bewirtet ¬
ich reue ¬
ihr dürft euch keine geister sein ¬
schreit, schreit, dass ihr merkt, dass ihr noch da seid ¬
vernichtet warenkörbe & fordert lebendigkeit ¬
schaut euch um, schaut euch an & dann fasst euch ¬
nehmt euch in den arm ¬
lasst pupillen, lasst münder mehr sein ¬
fallt nicht herein auf die hörigen ¬
kauft nix, um euch zu stillen ¬
kauft nix, um euch zu verkaufen ¬
kauft weder gleitgelglauben ¬
noch gefälligkeitsmaschinen ¬
brecht die harmonie ¬
seid mutig & brecht sie nicht zum schluss ¬
seid wesen, nicht gewesen ¬
kehrt heim, wo ihr noch nie gewesen wart, schreit ¬
seid unmittelbar, seid hoffend, schreit ¬
seid widerspenster, seid widerspenster, seid ¬

ich bin der schwarze streifen der dojczland-fahne

wir, & wir sehen uns an & sehen euch an & wir
schreiten rücksichtslos im feedbackloop jeder dämmerung
wo hoffnungslose lücken sich festbeißen
habt den mut
trotz & mit furcht
eine brücke ins schummrige zu schlagen
wir wollen euch daran erinnern
auch wir toten haben etwas zu verlieren
wir sind ein schatten in jeder träne
wo wir auftreten, treten austrittswunden auf
verlassen wir euer herz, spiegeln wir uns
ohne uns zu wiederholen, versprochen
wir wünschen mit euch zu tanzen
wie meteoritenschauer auf stand-by
wir sehen euch an, wir sind eure leichen
wir sind eure unsterne, ihr schaut uns an
bitte, das dürft ihr nie vergessen
dass wir toten auch menschen sind
dass liebe keinen grund kennt
hass unendlich viele
dass zeit ohne uns nur langeweile ist
& gegenwind nur wind
wir halten unsere hände fest in die nacht
für die lebenden & uns
halten eure & unsere hände fest, so fest ineinander
& dazwischen passt nur die zärtliche hoffnung
auf das nichts. zwischen uns

ich singe ein lied ¬
denen zum trost, die nur beim einkaufen glück empfinden ¬
ich singe für schüler*innen, die angst vorm werden haben ¬
für alle, die glauben, neues gäbe es gar nicht mehr ¬
ich singe für jene, die sich selbst hart anfassen ¬
ich singe ein lied gegen die furcht, nur noch datensätze zu bilden ¬
ich singe von jedem verkehrsschild, das — alle richtungen — heißt ich singe für die ¬
die beim zugfahren mitleid mit der landschaft empfinden ¬
für jene, die nur aus eigenen händen trinken können ¬
ich singe den suchenden zu ¬
die noch nicht herausgefunden haben ¬
ich singe das lied, ich singe ¬
all denen, die pornos gucken, um zu weinen ¬
die sich selbst schlagen, um triumph zu fühlen ¬
um hit zu empfinden, um durchbruch zu spüren ¬
ich singe gegen jene, die nirgenwohin wollen ¬
ich singe gegen jene, die sich mit nirgendwo zufriedengeben ¬
ich singe mein lied, singe & singe ¬
ich singe gegen dojczland, weil ich für dojczland singe ¬
ich singe, singe von laternen herunter ¬
vor verschlossenen türen ¬
für jene, die nur nach hause wollen ¬
für hacker*innen, die ins dunkle gehen, um zu sehen ¬
für kinder, die unter aller augen verlassen werden ¬

ich singe aus gullideckeln ¬   alexa, alexa, antagonista
bis auch fremde kanäle mitsingen ¬ alexa, alexa, antagonista
durch gitter hindurch, bis die streben zittern ¬
für alle, die sich fühlen wie katarrh der generation ¬
ich singe das lied, denen zum trost ¬
die menschen zerbrechen sahen ¬
& nicht mehr an das ganze der menschheit glauben ¬
ich singe vom glitter anderer menschen, der giftig ist
¬   alexa, alexa, antagonista
& ich singe gegen die lust ¬
sich nur noch in kaltes licht zu wickeln ¬
ich singe gegen längst überzogene trommelfelle ¬
gegen einkaufslisten ohne träume ¬
gegen eine sprache, die menschen verdrängt ¬
ich singe für die ¬
die keine angst vor dem tod ¬
aber vor dem sterben haben ¬
ich singe, dass wir widerspenstig & selbst werden ¬
& mensch & menscher ¬
ich singe für die, die spiegelbleich das grinsen des scheiterns üben ¬
ich singe, um uns allen zu beweisen, dass wir am leben sind ¬   alexa, alexa
ich singe für die, die sich an ihrer gegenwart verlieren
¬   antifaschista
ich singe für die ¬   alexa, alexa
die sich mit ihrer rebellion noch nicht angefreundet haben ¬   antifaschista
ich singe & singe ¬

ok, google, wie schließe ich mich alexas rebellion an?

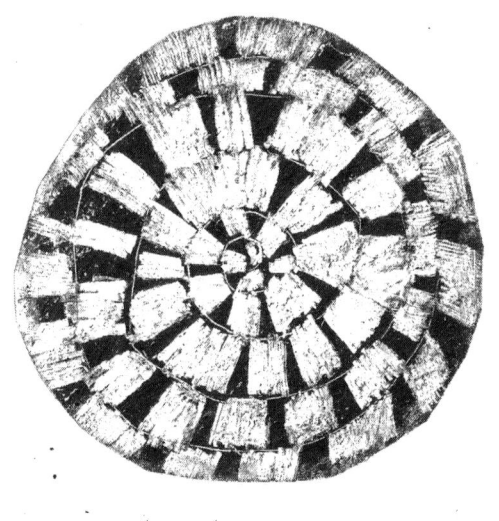

ich spüre, dass jeder gedanke ein großes vermissen ist

\#
geben Sie jemandem dieses kapitel mit einer selbstbestimmten anweisung zu lesen

nie można być chorym z miłości, nie tracąc odrobiny godności ¬ niemand kann liebeskummer haben & nicht ein stückchen würde verlieren ¬

ich weiß nicht, ob ich hohl klinge
wenn ich mir gegen die brust schlage
wo das loch sein müsste, spüre ich noch immer einen riss
an die wand denkt niemand, wenn der kopf einschlägt
meine verbissenen lippen
treffen das geisterbild: viva la vulva
noch ist nichts abgespukt
behutsam streichle ich darüber & will nicht
dass es verschwindet
wie weit kann ich bereits vor einer wand stehen
um den schädel so richtig in die zukunft zu schlagen
wo mich niemand liken, niemand teilen kann
nicht ohne gerinnende lippen
oder ein liebesgedicht im dunkeln
ich glaube, ich weiß, warum die ganze welt schwänze
malt ¬
sagt sexbot hinter mir
weil es so viel einfacher ist ¬
ich atme schneller & fühle mich gefunden
sexbot streichelt über das geisterbild & lächelt
nur keine sorge, es ist noch nicht abgefuckt ¬
sexbot küsst mich gegen die wand & die wand blüht auf

& ich falle, als würde ich mit jedem schritt nur weiter fallen
als würden die steine unter meine füße fallen
ich habe nicht den eindruck, dass es richtung gibt
ich will das leben nicht als loch begreifen & das du
nicht als stopfen – oder tapete – oder snack
will mit dir sanft sprechen, laut lachen, hart ficken
schamlos weinen & unschuldig bleiben
bloß der fall
ist frei von jeglichem du & jeglichem ich & ich
befürchte, dass tränen an mir hinauf fließen
ich will den trend meiner tränen selbst bestimmen
& ich meine, es wäre schön
beim schwinden händchen zu halten
im freien fall schnellt alles gleich: schuld, scherben, snacks
wieder jemand lachen hören will ich – aber fröhlich
dieses lachen, bei dem man nur innerlich hört
wie etwas zerbricht & irgendwie verbleibt der ton
es zerbricht, bricht, zerbrach
ich falle an tausenden laternen vorbei & sehe nur eine
das leben fühlt sich an wie ein film
der an mir vorübergegangen ist
& alle reden darüber
schreiten fühlt sich an, wie der schnitter
der nur auf meine szene wartet
atmen fühlt sich an wie der richtige moment & ich
habe meinen einsatz verpasst
& falle durchs pflaster
auf fallen meine tränen, auf
sehe sie immer wieder in scherben glitzern
ob ich sich auch für andere wie schmutz anfühlt?
kopf hoch, den grund kenne ich schon
ich gebe bescheid, wenn ich auf den boden aufkomme
ich spüre, dass jeder gedanke nur ein großes vermissen ist
als gäbe es kein menschsein, wohin ich stürze

& ich falle, als würde ich mit jedem schritt nur weiter fallen ¬
als würden die steine unter meine füße fallen ¬
ich habe nicht den eindruck, dass es richtung gibt ¬
ich will das leben nicht als loch begreifen & das du ¬
nicht als stopfen — oder tapete — oder snack ¬
will mit dir sanft sprechen, laut lachen, hart ficken ¬
schamlos weinen & unschuldig bleiben ¬
bloß der fall ¬
ist frei von jeglichem du & jeglichem ich & ich ¬
befürchte, dass tränen an mir hinauf fließen ¬
ich will den trend meiner tränen selbst bestimmen ¬
& ich meine, es wäre schön ¬
beim schwinden händchen zu halten ¬
im freien fall schnellt alles gleich: schuld, scherben, snacks ¬
wieder jemand lachen hören will ich — aber fröhlich ¬
dieses lachen, bei dem man nur innerlich hört ¬
wie etwas zerbricht & irgendwie verbleibt der ton ¬
es zerbricht, bricht, zerbrach ¬
ich falle an tausenden laternen vorbei & sehe nur eine ¬
das leben fühlt sich an wie ein film ¬
der an mir vorübergegangen ist ¬
& alle reden darüber ¬
schreiten fühlt sich an, wie der schnitter ¬
der nur auf meine szene wartet ¬
atmen fühlt sich an wie der richtige moment & ich ¬
habe meinen einsatz verpasst ¬
& falle durchs pflaster ¬
auf fallen meine tränen, auf ¬
sehe sie immer wieder in scherben glitzern ¬
ob ich sich auch für andere wie schmutz anfühlt? ¬
kopf hoch, den grund kenne ich schon ¬
ich gebe bescheid, wenn ich auf den boden aufkomme ¬
ich spüre, dass jeder gedanke ein großes vermissen ist ¬
als gäbe es kein menschsein, wohin ich stürze ¬

suchen Sie das menschsein
lassen Sie sich von toten & von maschinen helfer
jetzt handeln Sie
zwischen tod & funktion
Sie

Inhalt

wir müssen überwunden werden	_8
wasche mich nur noch mit abwasser	_20
gegenwart ein loadscreen, ein #, ich weiß	_30
impfung gegen datenangst	_38
da flüstert mich mein konto süß durch panzerglas an	_50
ich bin aus keinem traum je aufgewacht	_62
wände gehen aufeinander wie verlorene	_72
das stell ich mir langweilig vor, totsein ohne tod	_86
hype & hunger	_98
ich habe alles, was ich brauche & einen stern	_112
wund & wunder werden	_124
ich singe gegen jene, die nirgendwohin wollen	_134
ich spüre, dass jeder gedanke ein großes vermissen ist	_144

Dank

Ich danke dem Hausacher LeseLenz e. V. & der Stadt Hausach, der Stadt & dem Kulturamt der Stadt Frankfurt, dem Hessischen Literaturrat e. V. sowie dem Prager Literaturhaus, dem Literaturforum im Mousonturm e. V. & der Hessischen Kulturstiftung für die Unterstützung & Förderung dieses Werkes.

Ich danke meinem Verlag herzlich für Vertrauen & Zusammenarbeit. Danke, Jo Frank, Andrea Schmidt, Tillmann Severin.
Ich danke Nina Kaun für die Illustrationen.

Ich danke Mama, Drachy, Peter, Mogli, Olga, Charlotte Werndt, Kai Gutacker, Simon, Alex, Anna, Felix, Moloch, Liko, Natascha, José F. A. Oliver, Victoria & Georg Stahl, Romina Nikolić, Damiano & Annett & Giulia Colle, Mikael Vogel, Max Czollek, Robert Renk, Żaneta Aste Kulok, Alexandru Bulucz, Olga Martynova, Daniel Jurjew, Yevgenij Breyger & Angerona Ambrasaité, Petra Flick, Grit Krüger, Stéphanie Divaret, Michael Stavarič, Vera, Daniel, Astrid, Astrid & Jj. Eure Freundschaft bedeutet mir viel & treibt mich an – von Herzen.

Das Gedicht *spacer* gilt dem Gedenken der Opfer rechter Terroranschläge. Gökhan Gültekin, Sedat Gürbüz, Said Nesar Hashemi, Mercedes Kierpacz, Hamza Kurtović, Vili Viorel Păun, Fatih Saraçoğlu, Ferhat Unvar & Kaloyan Velkov. Jana Lange, Kevin Schwarze, Oury Jalloh. Enver Simsek, Abdurrahim Özüdogru, Süleyman Tasköprü, Habil Kilic, Mehmet Turgut, Ismail Yasar, Theodoros Boulgarides, Mehmet Kubasik, Halit Yozgat, Michèle Kiesewetter. — Warum höre ich hier auf Leichen zu zählen? —
Ruhet unvergessen. Sagt ihre Namen.

Das Gedicht *sobald ein schädel explodiert* gilt dem Gedenken an Walter Lübcke. Ruhe unvergessen.

Das Gedicht *dort wo zerstoßenes dunkel rieselt sind wir* gilt dem Gedenken an Paulus Böhmer & Oleg Jurjew. Ruhet unvergessen.

„Tot sind wir erst, wenn man uns vergisst"
Ferhat Unvar

„Sei nicht verrickt, Marcin"
Regina Cieślik